für Alipius Müller

Claudia Sperlich

Zyklische Sonette

© 2015 Claudia Sperlich

Verlag: tredition GmbH, Hamburg

Paperback   ISBN 978-3-7345-3074-6
Hardcover   ISBN 978-3-7345-3075-3
e-Book   ISBN 978-3-7345-3076-0

Printed in Germany

Inhaltsverzeichnis

Vorwort

Vor Ihnen liegen Sonette in acht Zyklen, die ersten beiden zu genau entgegengesetzten Themen - sieben Gaben des Heiligen Geistes versus sieben Todsünden, wobei ich hoffentlich keinen Zweifel lasse, was ich besser finde. Dem kleinen Zyklus über das Sakrament der Versöhnung folgen fünf Sonettenkränze. Ein Sonettenkranz ist ein fünfzehnteiliger Zyklus: Vierzehn Sonette, von denen jedes mit dem letzten Vers des vorhergehenden beginnt und das vierzehnte mit dem Anfangsvers des ersten endet, so daß sie einen „Kranz" bilden. Das am Ende stehende Meistersonett besteht aus den Anfangszeilen der vorhergehenden Sonette.

Die sieben Gaben des Heiligen Geistes

Timor Dei
Gottesfurcht

Du bist der Herr der Mächte und Gewalten,
Dein ist das Reich, die Kraft, die Herrlichkeit.
Herr, Du bist stark. Und ich so schwach, so weit
Von Dir entfernt, und so verstrickt im Alten.

Du hast mich machtvoll aus der Schuld befreit,
Aus Klammergriff, der mich Dir ferngehalten.
Sei Du in meinem Denken und Gestalten,
Sei über mir. Mach mich für Dich bereit.

Mir macht die Welt mit ihrem Irrsinn Angst.
Sie ist mir Wiege, Schlachtfeld und Schafott
Und lockt mich an und lenkt mich ab von Dir.

An guten Tagen aber glückt es mir,
Nur Dich zu fürchten, meinen Herrn und Gott,
Und dann zu tun, was Du von mir verlangst.

Pietas
Frömmigkeit

Ich will Dir dienen, Herr - nur Dir allein,
Und keinem andern geb ich mich zu Eigen.
Von Dir lass ich mir Weg und Richtung zeigen,
Wenn Du es willst, durch Dornen und auf Stein.

Du gibst mir Sprache, Herr, und lehrst mich schweigen -
Du Weg und Wahrheit, Wort und Brot und Wein.
Durch Dich befreit, will ich Dir dienstbar sein.
Du richtest auf - ich darf mich vor Dir neigen.

Gib, daß mich weder Sucht noch Geld betören.
Gib, daß mein Herz sich lässt an Deines ziehen.
Gib mir Verstand und Liebe, Dich zu hören.

Ich will zu Dir. Ich werde sterben müssen -
Und dann, Herr, lass mich ewig vor Dir knien,
Lass mich die Male Deiner Füße küssen.

Scientia
Wissenschaft

Du weißt es, Herr: ich möchte vieles wissen,
Ich möchte auf den Grund der Dinge schauen,
Ich will erkennen, nicht nur blind vertrauen -
Die Welt verstehn trotz tausend Hindernissen.

Schon hast Du meine Dunkelheit zerrissen,
Ich ahne Mittagslicht im Morgengrauen.
Du lässt erschließen, finden und erbauen,
Du lässt mich freudig lernen und beflissen.

Zusammenhänge lehrst Du mich zu sehen
Zu hören, zu erwägen, vorzutragen,
Was wie warum in diesem Leben ist.

In immer neuer Suche nach Verstehen
Führt jede Antwort mich zu hundert Fragen
Und dann zur Antwort, die Du selber bist.

Fortitudo
Stärke

Du zeigst den Weg - gib Mut, den Weg zu gehen
Hoch überm Abgrund, eng und voll Gefahr.
Nimm mir die Angst, die oft mein Hemmnis war.
Lass mich zu meinem Taufversprechen stehen.

Sei Du in meinem Handeln offenbar.
Kein falscher Wind soll meinen Geist verdrehen.
Ich will bekennen Heilgen Geistes Wehen
Vor selbstbezogner weltgewandter Schar.

Vielleicht kommt auch zu mir die Zeit der Probe,
Wo Wort und Lied und Tat zu Deinem Lobe
Von Macht, Gewalt und Bosheit wird bedroht.

Und wenns so kommt, und ich muss mich entscheiden,
Muss Dich verleugnen oder für Dich leiden -
Dann hilf, daß ich Dir treu bin bis zum Tod.

Die sieben Gaben des Heiligen Geistes

Consilium
Rat

Die Mittel meines Tuns lass klug mich wählen,
Auch wo die Not nach schnellem Handeln schreit.
Lass gut mich nutzen die gewährte Zeit,
Mich auch im Sturm das Rechte nicht verfehlen.

Du Beistand, mach zum Beistehn mich bereit -
Ich zähl auf Dich, wenn andre auf mich zählen.
Gib mir, wo Zweifel, Angst und Elend schwelen,
Zum Helfen klare Sicht und Fähigkeit.

Lass Bösem furchtlos mich entgegentreten
Mit Denken, Sprechen, Handeln und mit Beten,
Und ohne Trägheit, ohne Hast erwägen

Die angemessnen Worte, Gesten, Taten.
Durch Dich allein kann Tun und Sein geraten.
Sei meinen Worten, meinen Werken Segen.

Intellectus
Verstand

Du gibst - gib mir auch Herz und Mut, zu geben.
Du kannst von aller Gier und Habsucht heilen.
Lass mich den Überfluss mit Freuden teilen
Und achten lass mich jedes Menschen Leben.

Du klärst mein Denken, ordnest mein Bestreben.
Sooft ich kann, will ich vor Dir verweilen,
Will in Dir ruhen und will zu Dir eilen.
Du hebst mich auf, und ich will Dich erheben.

Gib mir Verstandeskraft, zu unterscheiden,
Zu tun, was nottut, Eitelkeit zu meiden,
Den Weg zu finden, den Du mir beschrieben,

Das Gute gut, das Schlechte schlecht zu nennen,
Das Maß zu halten und das Ziel zu kennen,
Und Dich, mein Ziel, ganz ohne Maß zu lieben.

Die sieben Gaben des Heiligen Geistes

Sapientia
Weisheit

Ich will den Kitzel dieser Welt nicht haben,
Mich nicht zu sehr um Geld und Nutzen scheren,
Will einfach leben, lieben und Dich ehren
Und nicht den anvertrauten Schatz vergraben.

Wenn Du mich prüfst, dann will ich mich nicht wehren,
Und dankbar nehmen auch die dunklen Gaben.
Wo Angst und Lust mich quälen und zerschaben,
Trägst Du die Lasten selbst, die mich beschweren.

Du bist in allen Orten, allen Stunden.
In Dir kann alles Sein zur Ruhe kommen,
Und jeder, der Dich sucht, wird aufgenommen.

In Dir ist alles Elend überwunden.
Du stillst mir meine Seele, kühlst mein Sieden.
Du bist die Liebe, Herr. Du gibst den Frieden.

Die sieben Todsünden

Die sieben Todsünden

Superbia
Hochmut

Ich kann und weiß und habe – und ich bin
durch dieses alles mehr als andre wert.
Von mir wird noch der Klügste wohl belehrt,
in meiner Arbeit steckt der tiefste Sinn.

Was ihr dort tut, das ist doch grundverkehrt,
das köchelt so auf halber Flamme hin
und bringt der Welt nur spärlichen Gewinn –
nun gut, als Späßchen sei es unverwehrt!

Was ich beginne, bringe ich zu Ende!
Der Welt bringt Segen, was ich selbst vollende,
mit mir kann man den guten Weg beschreiten.

Ich sehe schon, ihr steht mir noch recht ferne.
Die Wege zum Erfolg zeig ich euch gerne.
Ich bin das beste Beispiel aller Zeiten.

Invidia
Neid

Der da hat den Erfolg, der mir gebührt!
Der kann doch gar nichts! Geht kaum in die Lehre!
Der faselt Quark und scheffelt Geld und Ehre
und wird zum Dichterfürsten noch gekürt!

Ich sitz in kalter Stube und ernähre
mich von den Krümeln, die ich aufgespürt...
Und seine Werke werden aufgeführt –
man tut grad so, als ob er Künstler wäre!

Der stiehlt Ideen nicht mal dritter Klasse,
und trotzdem klingelt stets bei ihm die Kasse –
bei mir wird der Gerichtsvollzieher klopfen.

Er kann nur stümpern, aber ich kann schreiben –
und trotzdem soll ich unterlegen bleiben?
Gelingt mir niemals, ihm das Maul zu stopfen?

Die sieben Todsünden

Ira
Zorn

Ich bin nicht hier, um ängstlich fortzurennen!
Ich kann und mag das Unrecht nicht ertragen!
Es ist mir gleich, was Fromme dazu sagen,
ich will mich nicht mehr Friedensfreundin nennen!

Verstand verstummt, und die Gefühle brennen.
Verdammte Meute – euch will ich erschlagen!
Ihr habt mich schikaniert mit tausend Plagen –
nun sollt ihr hängen! Lernt ihr mich nur kennen!

Ihr fresst das Land, vernichtet seine Leute!
Ich aber weiß das endlich zu verhindern –
ich schlag euch tot samt Kind und Kindeskindern.

Gerechter Zorn ist Volkes Gottesstimme!
In blinder Wut, in ungestilltem Grimme
bin ich kein Selbst, bin Teil der wilden Meute.

Acedia
Faulheit

Ich bin so faul wie eine Hängematte.
Ich lungere so antriebsschwach herum,
gedankenlos und tatenlos und stumm,
mit Hirn und Muskeln wie aus grauer Watte.

Ich fühle mich bequem und warm und dumm.
Die Phantasie steht nicht mehr zur Debatte.
Die Tatkraft schwand, die ich vorzeiten hatte.
Wär es noch möglich, nähme ich es krumm.

Doch selbst das Zürnen wäre zu viel Plage.
Ich gammle friedlich durch die grauen Tage.
Die Katze streicheln will mir Arbeit scheinen.

Die Zimmerblume welkt. Ich kanns verstehen
und welke mit. Will nicht nach draußen gehen.
Ich bin so faul, ich könnte drüber weinen.

Die sieben Todsünden

Avaritia
Habsucht

Ich will ein Licht aus Diamantenblitzen,
die Villa und den Wagen und die Yacht,
ein neues Abenteuer jede Nacht –
will jeden Kitzel, jeden Reiz besitzen.

Ich will noch mehr! Denn Haben gibt mir Macht.
Um jeden Preis will ich die höchsten Spitzen –
ich will, und muss ich dafür Blut verspritzen,
wenn es nur meins nicht ist, hab ich nicht Acht.

Was du begehrst und brauchst, das ist mir gleich.
Ich brauche alles, was ich nur begehre,
mein Hab und Gut ist meine ganze Ehre.

Ein kampferprobter Wächter muss mir nützen
um vor der Habsucht andrer mich zu schützen,
Denn ich bin reich, das heißt: Mein ist das Reich.

Gula
Völlerei

Hinein mit allem, was sich essen lässt!
Verschlungen wird das Grobe wie das Feine,
gespült mit mäßigem wie edlem Weine –
es bleibe keine Neige und kein Rest.

Noch tragen die belasteten Gebeine
den Fresser knirschend auf das nächste Fest,
eh er sich träge schleppt ins warme Nest –
ein letzter Bissen folgt im Bett alleine.

Mehr Haben ist mehr Sein. Bei Tisch zu lungern
ist höchste Freude in dem kurzen Leben –
und ist nicht Nehmen seliger als Geben?

Hinein mit allem! Denn man könnte hungern
nach allem, was dem Leben angemessen –
und statt zu hungern, soll man besser essen.

Luxuria
Wollust

Was Kitzel schafft und Lust und Wohlbehagen,
was meine Haut geschmeidig jung erhält,
das ist mein Daseinszweck, ist meine Welt.
Zu leben heißt, nach Sinnenlust zu jagen!

Ich nehme jeden, der mir gut gefällt –
was soll uns unerfüllte Sehnsucht plagen?
Ich muss dich nicht ein Leben lang ertragen,
ich bin aufs Hier und Jetzt nur eingestellt.

Hab ich dich satt, so geh nur sang- und klanglos.
Dein Leib wird schal, dein Lieben ist belanglos.
Zu meiner Lust spür ich nach frischer Beute.

Die große Liebe geht ja doch zu Bruch,
die Ewigkeit ist nur ein dummer Spruch.
Begehren und genießen will ich heute!

Versöhnung

Versöhnung

Sünde

Hier will ich eigenmächtig handeln, frage
Nach Gott nur kurz und gebe selbst den Rat,
Ich sag mir vor, dass ich um Hilfe bat,
Dass Er mir riet, was ich mir selber sage.

Was keimt aus meiner eigenmächtgen Saat,
Was ich wie einen Stein im Herzen trage,
Womit ich unbewusst mich selber plage,
Das wird zu hartem Wort und böser Tat.

Gewissensstimmen bringt mein Stolz zum Schweigen.
Ich glaube, selbst den guten Weg zu zeigen,
Und weiß zutiefst, dass ich mich selbst betrüge.

Ich will das Recht zu meinem Tun erzwingen,
Was mir im Weg steht, will ich niederringen –
Und aus dem Wollen wird Gewalt und Lüge.

Reue

Ich stehe schaudernd vor dem Trümmerhaufen
Aus dem, was eigenmächtig ich zerstörte,
Als ich mich gegen meinen Herrn empörte,
Als ich versuchte, von Ihm fortzulaufen.

Ich frage, wer und was mich so betörte –
Wer trieb mich, meine Wurzeln auszuraufen,
Wer schaffte, mir die Treue abzukaufen,
Wer schrie mich taub, dass ich auf Gott nicht hörte?

Ich kann die Schuld auf keinen andern schieben.
Ich habe selbst entschieden, nicht zu lieben,
Und bin doch klug genug zum Unterscheiden!

Gehandelt hab ich gegen bessres Wissen,
Hab mich in Stolz und Eigensucht verbissen.
Ein andrer und ich selbst muss darum leiden.

Versöhnung

Beichte

Gesündigt hab ich, und ich muss bekennen:
Ich gebe jeder Wurzelsünde Wohnung.
Mein Hochmut fordert Ehre und Belohnung,
lässt außen glänzen und im Innern brennen.

Ich will es alles ungeschminkt benennen,
Ich habe Angst und will doch keine Schonung.
Nun gehts zu meiner eigenen Entthronung,
Denn nichts soll mich vom König Christus trennen.

So bitt ich Gott mal wieder um Vergebung –
Bitt Ihn, den man für mich ans Kreuz geschlagen,
Mir wieder, immer wieder, zu verzeihen.

Dann hoffe ich auf Gnade und Belebung
Und fürchte jetzt schon, wieder zu versagen,
Und fleh zu Ihm, von Schuld mich zu befreien.

Absolution

Kein Zorn, nur Mitleid, Anteilnahme, Güte
Und sanfte Mahnung kommen mir entgegen
Und guter Rat zum Gang auf neuen Wegen
Aus meinem Trockenland zu frischer Blüte.

Der Priester spricht, und Gott gibt Seinen Segen.
Er macht mir Mut, dass ich mein Herz behüte,
Dass ich nicht wieder Streit und Unrecht brüte.
Die Angst vergeht wie Staub im Sommerregen.

Ich höre, was ich tun soll, bin bereit.
„So spreche ich dich los von deinen Sünden."
Der Priester sagt mir zu: Ich bin befreit.

Die Tat war schlimm, und hart war das Gestehen.
Ich durfte neu an Gott mein Herz entzünden,
Kann wieder Land und Licht und Leben sehen.

Versöhnung

Buße

Zu wohlfeil scheint mir, was mir auferlegt –
Ein leichtes Tun, ein Beten voll Vertrauen.
Doch lässt es mich den Weg von neuem schauen,
Auf dem mich Deine Gnade führt und trägt.

Ich sehe noch mit Staunen und mit Grauen,
Wie fleißig ich hab Angst und Zorn gehegt.
Nun bin ich hoffnungsvoll, bin neu bewegt,
Will lieben und will helfen, aufzubauen.

Mit Deiner Hand, Herr, stärke meine Hände,
Mit Deinem Geist erleuchte meinen Geist.
Durch Deinen Tod für mich zum guten Ende.

Ich will vor allen Menschen Dich bekennen,
Dir dienen, bis die Silberschnur zerreißt,
In Tat und Wort mich nie mehr von Dir trennen.

Jesus
Sonettenkranz

Jesus

I

Du lebst, und darum kann ich selber leben,
Mit Deiner Liebe willst Du mich durchdringen.
Wenn ich Dich höre, kann mich niemand zwingen!
Dein Wort will ich mit meinem Tun verweben.

In Dir allein kann Gutes mir gelingen.
Ich muss nicht mehr im Ungewissen schweben,
Darf Stimme, Herz und Geist vor Dir erheben,
Darf Deinen Willen tun und Dich besingen.

Dein Kreuzestod bewahrt mich vorm Verderben.
Durch Deinen Tod kann ich zum Leben kommen.
Du hast dem Bösen seine Macht genommen.

Du trägst all mein Versagen und mein Hassen.
Du hast für meine Schuld Dich schlachten lassen.
Du starbst, und darum kann in Dir ich sterben.

II

Du starbst, und darum kann in Dir ich sterben.
Du lebst, und Leben muss nicht mehr verwehen.
Vergeben hast Du, was durch mich geschehen.
Du kamst in meine Welt aus Staub und Scherben.

Ich werde eines Tages vor Dir stehen,
Vielleicht auch zitternd - doch nicht zum Verderben.
Du hast mich eingesetzt als Deinen Erben
Trotz meiner Ängste, Schulden und Vergehen.

Du richtest mich – und lässt mich nicht verderben.
Du hebst mich auf trotz meiner großen Schuld
Mit immer neuer, zärtlicher Geduld.

Du bist aus Liebe auf mich zugegangen,
Von Deinem Leiden ist mein Leid umfangen.
In meiner Seele spüre ich Dein Werben.

Jesus

III

In meiner Seele spüre ich Dein Werben;
Du lockst und bittest mich, an Dich zu denken.
Ich will Dir folgen, bitte Dich, zu lenken.
Was mir an Bösem innewohnt, lass sterben.

Du willst mich ganz. Du willst mich nicht beschränken.
Du heilst mich ganz. Du glättest meine Kerben.
In Dir geborgen, muss ich nicht verderben.
Du wirst mir einst die Lebensfülle schenken.

Du willst mich ganz. Du willst mein ganzes Leben,
Willst von mir alles, keine halben Sachen,
Mein ganzes Lieben, Denken, Tun und Machen.

Du gibst mir dazu alle Fähigkeiten.
Du bist der Weg – ich muss ihn nur beschreiten.
Du willst mich ganz. Du hast Dich ganz gegeben.

IV

Du willst mich ganz. Du hast Dich ganz gegeben,
Willst, dass ich fest auf Deiner Erde stehe,
Auf ihr von Dir gezeigte Wege gehe –
Doch Erde soll mir nicht die Sicht verkleben.

Ich spüre Deine Liebe, Deine Nähe
In dieser Welt voll Leiden und voll Leben,
In der die Gegensätze sich verweben,
Vor der mir graut, die ich mit Freude sehe.

Und immer wieder seh ich mich verderben
Durch Gier und Eitelkeit die guten Gaben,
Will heimlich den geschenkten Schatz vergraben.

Ich weiß, dass ich Dir nicht genug vertraue,
Durch nebelhafte Ängste auf Dich schaue.
Ich habe nichts für Dich als meine Scherben.

Jesus

V

Ich habe nichts für Dich als meine Scherben,
Als diesen Körper, der durchs Leben hetzt,
Von Leichtsinn, Gier und Eitelkeit verletzt,
Der wenig helfen kann und viel verderben,

Als diesen Geist, der viel verspricht und schwätzt,
Der gern sich loben hört und gern umwerben,
Der sucht, die Welt nach seinem Wunsch zu färben
Und der sich allzu häufig überschätzt,

Als dieses Herz, das zittert durch mein Leben,
Das zwischen Hochmut, Angst und Zweifel schwankt,
Zu wenig liebt und Dir zu selten dankt,

Als diese Seele mit dem Wetterschaden.
Nimm alles an, Herr, nimm dazu in Gnaden
Mein ängstliches und fehlerhaftes Streben.

VI

Mein ängstliches und fehlerhaftes Streben,
So oft nach eitlen, Dir so fernen Zielen,
Führt von Dir fort, als wollte ich verspielen,
Was Du mir schenktest – Liebe, Sinn und Leben.

Ich will nicht mehr nach Anerkennung schielen
Und tu es doch, und lass mich gern umgeben
Von Beifall, möchte über andern schweben,
Ich träume, hochgeehrt zu sein von vielen.

Ich bitt Dich, meine Sünden zu vergeben,
Und habe Angst, Dich nicht mehr zu erreichen,
Und weiß, ich kann die Schuld nicht selbst begleichen.

Du fügst zu meinem unvollkommnen Bitten
Die Qualen, die für mich Du hast durchlitten –
Und daraus willst Du mir ein Festkleid weben!

Jesus

VII

Und daraus willst Du mir ein Festkleid weben:
Aus meiner Reue und aus Deinem Blut.
Du machst durch Deinen Tod mein Leben gut,
Durch Deinen Tod führt Sterben mich zum Leben.

Mein Geist wird wach durch Deines Geistes Glut,
Nicht durch mein eigenes begrenztes Streben.
Nur Du kannst Schöpferkräfte weitergeben,
Nur Du befeuerst den Bekennermut.

Du hast mich angeworben. Lass mich werben
Für Deine lebensfrohe wahre Lehre,
Und lass mich alles tun zu Gottes Ehre.

Du hast mir nicht nur alle Schuld verziehen –
Auch Königswürde hast Du mir verliehen:
Ich soll Dein Wort, Dein Reich, Dein Leben erben!

VIII

Ich soll Dein Wort, Dein Reich, Dein Leben erben –
Nach Weltmaß arm, vor Dir ein Königskind,
Für Menschen eine alte Frau, die spinnt –
Und doch warst Du bereit, für mich zu sterben.

Was mir die Welt gibt, ist ein schwacher Wind,
Der manchmal schwillt zum Sturm und zum Verderben,
Ein kalter Regen über Lebensscherben,
Ein schmaler Wasserlauf, der bald verrinnt.

Ich hätte alles, wenn ich Bettler wäre,
Und Deine Liebe doch im Herzen trüge.
Doch ohne Dich ist aller Reichtum Lüge.

Denn Du, Herr Jesus, bist vollauf genug.
Wo Du nicht bist, herrscht letztlich der Betrug.
Du, Herr, bist alles. Außer Dir nur Leere.

Jesus

IX

Du, Herr, bist alles. Außer Dir nur Leere.
Ich weiß: Das sagt sich leicht an vollen Tischen.
Ich hab genug an Brot und Wein und Fischen,
Weiß nicht, wie ich in tiefsten Nöten wäre.

Ich bitt Dich, mein Gewissen aufzufrischen.
Nimm meinem Geist die Eigensucht und Schwere,
Mein Selbstmitleid und meinen Stolz verwehre.
Wo ich das Böse will, wirf Dich dazwischen.

Wo Du bist, werden Leid und Tod vergehen.
Mit Deiner Hilfe kann ich Leben schützen,
Kann Leidenden mit Trost und Hilfe nützen.

Kein Schutz, kein Trost ist ohne Deinen Geist.
Die ganze Welt wär ohne Dich verwaist.
Wo Du nicht bist, kann Leben nicht bestehen.

X

Wo Du nicht bist, kann Leben nicht bestehen,
Und jedes Leben kann den Schöpfer zeigen,
Ist Deines Vaters Werk und ist Sein Eigen.
In Ihm ist alles Werden und Vergehen.

Du, eins mit Ihm im Geist! Vor Dir verneigen
Sich alle, die in Deine Klarheit sehen.
Kein andrer Herr soll mir den Kopf verdrehen!
Ich will und kann von meinem Herrn nicht schweigen.

Hilf mir, auf keinem fremden Weg zu gehen,
Lass mich durch keine fremde Macht verrohen.
Ich will Dir treu sein gegen alles Drohen.

Sei Du für immer meines Lebens Mitte.
Ich weiß: Du hältst mich, wenn ich darum bitte.
Was Du nicht hältst und leitest, muss verwehen.

Jesus

XI

Was Du nicht hältst und leitest, muss verwehen.
Das Stärkste würde ohne Dich verhallen,
Doch Du bist Leben, und Du gibst Dich allen.
Der Schwächste kann in Deiner Hand bestehen.

Wo Hass und Machtgier sich zusammenballen,
Wo sie gemeinsam über Leichen gehen,
Hilf uns, mit Klugheit Armen beizustehen,
Lass die verfolgte Kirche nicht zerfallen!

Bereite und beschreite ich die Pfade,
Die mich und andre ins Verderben führen,
So hilf mir, Dich von neuem aufzuspüren.

Ich will Dich nicht verlassen. Ich bin Dein.
Hilf mir, zu Deiner Freude Mensch zu sein!
Du leidest, wenn ich mir und andern schade.

XII

Du leidest, wenn ich mir und andern schade.
Du willst mein ganzes Handeln und Bestreben.
Ich soll dem Nächsten dienen und vergeben –
Du machst es vor und lockst auf Deine Pfade.

In alter spießiger Gewohnheit kleben
Ist so bequem! Der Weg ist so gerade –
So grade fort von Dir. Herr Jesus, lade
Mich neu auf Deinen steilen Weg zum Leben.

Auf meinem Acker blühen Klee und Rade,
Der Zorn, die Eitelkeit und meine Süchte,
Bedrängen und ersticken bessre Früchte.

Ich wär verloren ohne Dein Erbarmen.
Du aber hältst mich fest in Deinen Armen,
Du überschüttest mich mit Deiner Gnade.

Jesus

XIII

Du überschüttest mich mit Deiner Gnade,
Du hast mein Herz und meinen Geist getroffen,
Hältst mir aus Liebe Deinen Himmel offen,
Auch wenn ich mich mit neuer Schuld belade.

Du bist viel mehr als diese Welt aus Stoffen.
Wenn Elend mich zu Dir führt, ists kein Schade.
Du, Herr, machst meine krummen Wege grade.
Hilf mir, in aller Not auf Dich zu hoffen.

Du Brot, von dem ich täglich mich ernähre,
Du Wein, der meinen Alltag festlich macht,
Du Herr, der über meine Schritte wacht!

Du bist mein Heiland. Dir nur will ich leben.
Nur Du kannst meine Sünden ganz vergeben.
Du bist in mir, wenn ich mich neu bekehre.

XIV

Du bist in mir, wenn ich mich neu bekehre.
Du bist das Licht, in dem ich mich erkenne,
Du, Jesus, kennst und nennst mich, und ich nenne
Dich Herr und Gott und fleischgewordne Lehre.

Du gehst mir nach, wenn ich mich blind verrenne.
Du wartest, wenn ich gegen Dich mich wehre.
Du zeigst mir, wo ich mich mit Schuld beschwere.
Du bleibst, wenn ich im Zorn mich von Dir trenne.

Wenn ich Dich bitte, wirst Du mir vergeben
Den Stolz, die Wut, die Gier, die ganze Reihe,
Auch das, was ich mir selber nicht verzeihe.

Du lässt mich nicht allein auf Wellen treiben.
Du wirst in allem Elend bei mir bleiben.
Du lebst, und darum kann ich selber leben.

Jesus

Meistersonett

Du lebst, und darum kann ich selber leben.
Du starbst, und darum kann in Dir ich sterben.
In meiner Seele spüre ich Dein Werben:
Du willst mich ganz. Du hast Dich ganz gegeben.

Ich habe nichts für Dich als meine Scherben,
Mein ängstliches und fehlerhaftes Streben.
Und daraus willst Du mir ein Festkleid weben!
Ich soll Dein Wort, Dein Reich, Dein Leben erben!

Du, Herr, bist alles. Außer Dir nur Leere,
Wo Du nicht bist, kann Leben nicht bestehen.
Was Du nicht hältst und leitest, muss verwehen.

Du leidest, wenn ich mir und andern schade.
Du überschüttest mich mit Deiner Gnade.
Du bist in mir, wenn ich mich neu bekehre.

Advent
Sonettenkranz

ഇൽ

Advent

I

Der Herr ist Menschenohnmacht selbst geworden!
Wer kann sich über Schwäche noch erheben?
Da sterblich wurde allen Lebens Leben,
Sind sonnenhell und warm auch Nacht und Norden.

So kleinlich und so eigennützig streben
Wir allzuoft nach Dingen, die uns schaden,
Und Jesus weiß, wie wir mit Schuld beladen –
Als Mensch und Gott hat Er die Schuld vergeben.

Der göttlich ist und sich zum Menschen macht,
Der menschlich ist und Göttliches verkündet,
Der hat die Liebe in uns angefacht,

Der stürmt in uns wie Flammengeist und Wind,
Hat sich aus freiem Willen uns verbündet –
Er fordert unsre Liebe als ein Kind.

II

Er fordert unsre Liebe als ein Kind,
Im Mutterleib und an der Mutterbrust
Geborgen und genährt, noch unbewusst,
Das noch auf nichts als warme Nähe sinnt.

Noch unbekannt mit Trauer und Verlust,
Denn Muttertrost ist stark und kommt geschwind,
Noch schützen andre Ihn vor kaltem Wind,
Noch kein „Du darfst nicht" und noch kein „Du musst".

Im Vaterhaus erzogen und belehrt,
Um irgendwann zum Zimmermann zu taugen,
Doch vorerst Kind, zur Mutter hingekehrt –

Dies ist der Gott, der Herzen leicht gewinnt:
So klein, zerbrechlich und mit großen Augen,
Bedürftig, hungrig, süß – wie Kinder sind.

Advent

III

Bedürftig, hungrig, süß – wie Kinder sind,
Das Händchen, das schon nach dem Leben greift,
Der Blick, der noch in Himmelsfernen schweift,
Neun Monde alt – ein neugebornes Kind,

Von Zellen bis zur Lebenskraft gereift,
Bis aus dem Mutterleib es drängt und rinnt.
Durchs Dach der kargen Bleibe pfeift der Wind,
Ein Sternenstrahl das nasse Köpfchen streift.

Der große Gott, der uns durch alle Zeiten
In Allmacht und in Liebe will geleiten,
Ist klein und niedlich, arm und schwach geworden.

Die Macht erfüllt mit Ehrfurcht und mit Schrecken,
Die Ohnmacht lässt die Zärtlichkeit entdecken.
So rührt Er uns, lässt Liebe überborden.

IV

So rührt Er uns, lässt Liebe überborden,
Ergreift auch jene, die Ihm ferne stehen.
Wer kann an einem Kind vorübergehen,
Wer ist durch Kinderblick nie weich geworden?

Die unbewusst uns Kopf und Herz verdrehen,
Sie wärmen auch den Winter und den Norden.
Sie fordern keinen Lohn und keine Orden,
Sie wollen Liebe spüren, schmecken, sehen.

So ist auch Gott. So will Er uns Geschöpfe,
Will unsre Seelen, Leiber, Herzen, Köpfe,
Und jeden Menschen liebt Er als Sein Kind.

Die Liebe bittet Er uns nachzuahmen,
Den Herrn zu lieben in des Herren Namen –
Dies Kleine, das die Herzen leicht gewinnt.

Advent

V

Dies Kleine, das die Herzen leicht gewinnt,
Dem Hirten und Gelehrte Gaben brachten
Und über dem die Engel Gottes wachten,
Weiß nichts vom Bösen, das durch Weltzeit rinnt.

Die Weisen wussten nicht, was sie entfachten,
Als sie Herodes fragten nach dem Kind.
Aus Angst vor Machtverlust, die ihn umspinnt,
Befiehlt der Fürst, die Kinder abzuschlachten.

Noch immer werden Kinder totgeschlagen.
Mein Gott, mein Heiland, warum bleibst Du still?
Hörst Du nicht der verwaisten Eltern Klagen?

Um der Vergebung willen Mensch geworden
Ist der, der nichts als Gottes Frieden will –
Und trotzdem drohen Ihm die Söldnerhorden.

VI

Und trotzdem drohen Ihm die Söldnerhorden.
Und kleine Kinder sind bedroht bis heute,
Sind wehrlos, schutzlos oft, und sind zur Beute
Von Geilheit und Profitgier oft geworden.

Den ungelegnen Kleinen droht die Meute,
Sie ungestraft im Mutterleib zu morden,
Sieht sich von Hilfsbereitschaft überborden,
Und wird bezahlt fürs Töten junger Leute.

Doch mitten in den ungezählten Morden,
Inmitten dieser Gier nach Macht und Geld,
Sagt eine Frau zu Gottes Stimme Ja.

Durch sie, aus ihr kommt Gott den Menschen nah.
Er wird als kleines Kind zum Licht der Welt,
Dies Licht von Osten leuchtet uns im Norden.

Advent

VII

Dies Licht von Osten leuchtet uns im Norden,
Von Seinen Jüngern in die Welt getragen,
Es strahlt als Hoffnung in ein Meer von Plagen,
Ist vielen Leitstern, Trost und Halt geworden.

Befreit aus einer Welt voll düstren Sagen
Von Donnergöttern und von Vatermorden,
Sind wir Gefährten in dem frohen Orden
Der Jünger, die das Zeugnis Jesu wagen.

Auf Welt und Geld kann keiner lang sich stützen,
Und keine Menschenmacht hält lang genug,
Denn Macht wird Gier und knüpft sich an Betrug.

Die Wahrheit schützt uns, wenn wir sie beschützen.
Das Licht, die Wahrheit, liegt vor uns als Kind.
Kein Wahrheitssucher, der dem Licht entrinnt!

VIII

Kein Wahrheitssucher, der dem Licht entrinnt!
Wer ehrlich sucht, dem wirst Du, Heilger Geist,
Auch wenn er jahrelang im Dunkel reist,
Den Weg erleuchten, der Dein Heil gewinnt.

Mein Gott, da Du um Menschenschwäche weißt,
Zerreiße doch das Netz, das uns umspinnt,
Und wo das Blut um Deinetwillen rinnt,
Gedenke, dass Du Friedensbringer heißt!

Komm wieder, Jesus, Friede aller Zeiten!
Beende Krieg und Folter und Schafott,
Führ Du die enge Welt in Deine Weiten.

Komm wieder, Jesus, komm in unsre Nacht,
Dass alle sehen: Einer nur ist Gott –
Der ewig große Gott in hoher Macht.

Advent

IX

Der ewig große Gott in hoher Macht
Wird wiederkommen und wird Frieden schaffen,
Vernichten wird Er die Vernichtungswaffen,
Entlarven wird Er jede falsche Pracht.

Dann wird kein Mensch mehr Güter an sich raffen,
Auf Friedenswege leitet froh und sacht
Der Herr, der über unsre Schritte wacht;
Kein Stolz, kein Neid wird andre mehr begaffen.

Wieviel muss armen Menschen noch geschehen?
Wieviele Sünden müssen wir begehen,
Bis Er der Finsternis ein Ende macht?

Kein Ende der Gewalt ist abzusehen,
Und doch wird dessen Reich allein bestehen,
Der alles weiß und voraus hat bedacht.

X

Der alles weiß und voraus hat bedacht,
Kam ohne Wissen in die Weltenzeit,
Zunächst zum nackten Leben nur bereit,
Von Eltern aufgezogen und bewacht.

Er lernte schnell. Er blickte klar und weit,
Als Knabe glühte Er für Gottes Macht.
Er sah die Welt bedrückt von Schuldenfracht
Und aufgestört von Sklaverei und Streit.

Er lernte, wer Er war. Er wollte lehren,
Um alle Welt zum Vater zu bekehren,
Und zahlte diese Liebe mit dem Leben,

Hat sich uns ausgeliefert, hergegeben.
Er will, dass alle Seine Liebe spüren.
Er wurde Mensch, um Menschen anzurühren.

Advent

XI

Er wurde Mensch, um Menschen anzurühren,
Der Angst und Schmerzen so wie diese kannte.
Der für das Reich des Vaters lodernd brannte,
Half andern, ihre müde Glut zu schüren.

Er selbst ist Gott und ist der, den Er sandte.
Er ließ sich nie zu übler Macht verführen.
Er lehrt uns, Gottes Worte aufzuspüren,
Weist keinen ab, der je an Ihn sich wandte.

Er hat Sein Wort Maria anvertraut
Und sich in ihr in diese Welt gegeben,
Er kam wie jeder Mensch im Leib zum Leben.

Der Geist war über ihr als Lebenskraft
Und als der Schwung, der die Gemeinde schafft.
Er hat Maria mit dem Geist betaut.

XII

Er hat Maria mit dem Geist betaut,
Hat sie beschirmt vor aller Menschenschuld,
Hat sie bedacht mit Freude und mit Huld,
Und Gottes Tochter wurde Gottes Braut.

Ein Traum ermahnte Joseph zur Geduld.
Der hat auf Gottes Wahrheit fest gebaut,
Hat auf das Unwahrscheinliche vertraut
War nicht von der Gewohnheit eingelullt.

Der Vater aller ist Marias Sohn,
Der Diener aller auf dem Himmelsthron,
Im Stall der Schöpfer, der die Welt erbaut.

Er hat im Geist zum Menschsein sich gezeugt,
Er hat als Gott sich Menschenlos gebeugt,
Er hat aus Kinderaugen uns geschaut.

Advent

XIII

Er hat aus Kinderaugen uns geschaut –
Das Licht der Welt im Licht der Stallaterne.
Er strahlt durch Zeit und Raum in jede Ferne,
Er macht sich uns erreichbar und vertraut.

Er ist und will das Heil. Er hilft uns gerne.
In dieser Welt, so düster, schrill und laut,
Hat Er die lichte Ruhe aufgebaut,
Die unerreichbar war wie Seine Sterne.

Er hat für uns gelehrt, geliebt, gelitten,
Hat bunte Blumen gern und kleine Kinder,
Hat gegen die Dämonen selbst gestritten,

lässt uns Sein Leid und Seine Freude spüren,
Und unsre Fähigkeit und Schuld nicht minder,
Um uns in Seine Liebe heimzuführen.

XIV

Um uns in Seine Liebe heimzuführen
Ist unser Herr in einem Stall geboren.
Sein Schrei nach Leben in der Mutter Ohren
Klingt nach, um unsre Herzen zu berühren.

Wir lieben nie genug. Wir sind nur Toren.
Er kam, um Liebe und Verstand zu schüren.
Für uns stehn offen Seines Himmels Türen,
Er wirbt um uns, Er gibt uns nicht verloren.

Die meisten stehen machtlos vor den Mächten,
Die diese Welt vernebeln und beschweren,
Und wissen nichts von gottgegebnen Rechten.

In einer harten Welt voll Raub und Morden
Ist Gott erschienen, um dem Trug zu wehren,
Der Herr ist Menschenohnmacht selbst geworden.

Advent

Meistersonett

Der Herr ist Menschenohnmacht selbst geworden,
Er fordert unsre Liebe als ein Kind,
Bedürftig, hungrig, süß – wie Kinder sind,
So rührt Er uns, lässt Liebe überborden.

Dies Kleine, das die Herzen leicht gewinnt,
(Und trotzdem drohen Ihm die Söldnerhorden),
Dies Licht von Osten leuchtet uns im Norden.
Kein Wahrheitssucher, der dem Licht entrinnt!

Der ewig große Gott in hoher Macht,
Der alles weiß und voraus hat bedacht,
Er wurde Mensch, um Menschen anzurühren.

Er hat Maria mit dem Geist betaut,
Er hat aus Kinderaugen uns geschaut,
Um uns in Seine Liebe heimzuführen.

Eucharistie
Sonettenkranz

Eucharistie

I

Herr Jesus, Du lässt Dich von mir verzehren.
Du selbst wirst mir, mein Gott, was Du mir gibst,
Du lässt Dich von mir essen, weil Du liebst,
Du lässt es zu, Du willst Dich nicht verwehren.

Dass Du verdunstest nicht und nicht verstiebst!
Ist Brot und Wein, geschaffen Dir zur Ehre,
Nicht Schöpfer, nur Geschöpf, ist Erdenschwere,
Wie ich, wie was Du kelterst, was Du siebst.

So seh ich Dich, mein Gott, den Überreichen:
Du gibst Dich selbst in den geschaffnen Zeichen.
Du teilst das Brot, schenkst vielen reichlich ein.

Du bist der Gastfreund und bist Trank und Speise.
Ich nehme, esse, trinke – und ich preise.
Du lieferst Dich mir aus in Brot und Wein.

II

Du lieferst Dich mir aus in Brot und Wein,
Gibst Dich in meine Hand, kannst Dich nicht wehren.
Geheimnis Du! Ich will die Gabe ehren,
Die Du mir bist, will selbst auch Gabe sein.

Von Deinem Beispiel lass ich mich belehren
Und immer neu von Eigensucht befrein.
Ich will in Deiner Weisung hellem Schein
Dem Nächsten dienen und zu Dir mich kehren.

Ich lasse mich von Deinem Wort erfassen,
Und hoffe, es gelingt mir, Not zu lindern
Und Niedertracht nach Kräften zu vermindern.

Du aber, Gott, Du wirst uns nie verlassen,
Willst Mensch bei Menschen und willst Nahrung sein.
Du machst Dich mit des Alltags Brot gemein.

Eucharistie

III

Du machst Dich mit des Alltags Brot gemein
Und willst Dich keinem Menschen je versagen.
Du bist der Trost in Sorgen und in Klagen.
Du bist zur Feier und zur Freude Wein.

Du pochst an meine Tür, nach mir zu fragen.
Du bittest mich, ich lasse Dich hinein.
Du bist mein Herr und willst mir dienstbar sein.
Kein andres Ziel als Dich muss ich erjagen.

Du bleibst bei mir, auch wenn mir sonst nichts bliebe.
Lass mich mit wachen Sinnen vor Dir stehen
Und nie versuchen, von Dir fortzugehen.

Schaff mir ein reines Herz, dass ich Dich liebe!
Denn Du – kann ich Dich selbst nicht würdig ehren –
Kannst Dich aus eignem Willen nicht mehr wehren.

IV

Kannst Dich aus eignem Willen nicht mehr wehren,
Man könnte Dich verschütten und zerbrechen,
Du könntest nicht entfliehn dem Hohn, dem frechen,
Man könnte Dich mit Leichtigkeit versehren.

So zart und wehrlos kommst Du, unsre Schwächen
Zu heilen und die Seelen zu ernähren,
Auch wenn uns Schuld und Scham und Stolz beschweren –
Du kommst, um uns die Liebe zuzusprechen.

So kann ich, Herr, Dich essen und Dich trinken.
Du kannst in mir und ich in Dir versinken.
So wirst Du, König aller Welten, mein.

So wirst Du mir zur sinnlichen Erfahrung,
Machst Deinen Leib für meinen Leib zur Nahrung.
Du bist mir mehr als frommer schöner Schein.

Eucharistie

V

Du bist mir mehr als frommer schöner Schein,
Du bist das Brot, das Lebenshunger stillt,
Du bist das Wasser, das aus Felsen quillt,
Du bist für mich vergossnes Blut als Wein.

Du bist die Wahrheit, die für alle gilt,
Das zweifellose, klare Ja und Nein.
Vor Dir kann kein Betrug von Dauer sein,
Die Lüge prallt zurück an Deinem Schild.

Du bist ganz frei, und nichts kann Dich bezwingen,
Stehst über Menschen, Sternen, allen Dingen,
Unfassbar gut und groß vor Deinen Kindern.

Nichts kann je Deine Größe irgend mindern
Und niemand Dir das Mindeste verwehren.
Du hängst nicht ab vom Glauben und Bekehren.

VI

Du hängst nicht ab vom Glauben und Bekehren,
Du bist auf mein Gebet nicht angewiesen,
Doch sag ich gern: Dein Name sei gepriesen!
Zu meinem Heil willst Du mich beten lehren.

Du lässt mich frei entscheiden und beschließen,
Du willst mich nicht mit hartem Joch beschweren.
Wenn ich es wollte, könnte ich mich wehren –
Du ließest Dich auch dadurch nicht verdrießen.

Doch Deine Worte, die den Geist mir nähren,
So wahr und schön, voll Liebe und voll Leben,
Die mir ein Ansporn sind, den Mut mir heben,

Die liebe ich und liebe Dich in ihnen,
Und will sie betend lesen und Dir dienen,
Vergäße selbst der Priester, Dich zu ehren.

Eucharistie

VII

Vergäße selbst der Priester, Dich zu ehren,
Und müsste man durch böse Distelsaaten
Und durch ein bittres Meer von Dummheit waten,
Und stürzte jede Kirche ein, so wären

Doch Deine Worte wahr und Deine Taten,
Dein Leben, Leiden, Lieben und Dein Lehren.
Und jeder, der Dir folgt, wird Liebe mehren,
Und jeder, der Dich liebt, bleibt gut beraten.

Du bist die Mitte, in der alles ruht.
Du gibst Dich allen als das höchste Gut.
Vor Dir wird alles Mächtige ganz klein.

Wenn eitles Protzentum die Welt umfunkelt,
Wenn Lüge und Verleumdung sie verdunkelt,
Bist Du doch wahr und ist die Wahrheit Dein.

VIII

Bist Du doch wahr und ist die Wahrheit Dein!
Bestehst Du doch, wenn alle Masken fallen!
Wenn Schrift verblasst und Lieder einst verhallen,
Wirst Du die unverfälschte Wahrheit sein.

Und Deine Liebe gilt uns ewig allen!
Du lässt Dich auf den schwachen Menschen ein,
Bist Vater, Bruder, Hüter, treu und rein,
Du schützt den Armen vor des Reichen Krallen.

Du bist der Weg, der mir die Richtung gibt.
Du bist die Wahrheit, von Dir will ich schreiben.
Du bist das Leben, ewig wirst Du bleiben.

Du bist mein Gott, der mich ernährt und liebt,
Du bist mein Gott, dem ich vertrau und glaube,
Der Menschen schuf und Weizenkorn und Traube.

Eucharistie

IX

Der Menschen schuf und Weizenkorn und Traube,
Nur Er ist Schöpfer, und nur Er macht Leben.
Er hat uns Wissenschaft und Kunst gegeben –
Er gebe, dass der Mensch Ihn nicht beraube!

So echt, so wahr, so reich sind Korn und Reben!
Mit Grauen seh ich, wie ein blinder Glaube
An Menschenmacht sich anmaßt, aus dem Staube
Als kleiner Gott Chimärisches zu weben.

Zwar wollen manche sich zu Schöpfern schwingen
Und stümpern an den längst erschaffnen Dingen –
So kleine Lichter, die wir mächtig nennen!

Zu Gott alleine will ich mich bekennen!
Er nur hat Macht und Herrlichkeit und Kraft,
Der allen Wesen ihre Nahrung schafft.

X

Der allen Wesen ihre Nahrung schafft,
Der keinem Menschen je sein Herz verschlossen,
Der für die vielen hat sein Blut vergossen,
Will mich befrein aus aller Angst und Haft.

Auch wenn Jahrtausende seither verflossen,
Schenkt Seine Gegenwart die Glaubenskraft
Im Brot, das niemand einsam an sich rafft,
Im Wein, der niemals einsam wird genossen.

Er gebe mir, die vielen der Gemeinde
Und dann die andern, Fernen, selbst die Feinde,
Zu lieben und auch liebend zu ertragen.

Mit dem Geleit des Herrn kann ich es wagen –
Er ist bei mir auf meiner Pilgerschaft,
Wird mir zur Nahrung, wird mir Lebenskraft.

Eucharistie

XI

Wird mir zur Nahrung, wird mir Lebenskraft
Auch jedes Mahl, bei dem ich je gesessen,
Und wird es, hätt ich auch den Dank vergessen,
In mir zu Fleisch und Blut und Körpersaft,

Kann doch die feinste Speise sich nicht messen
Mit jenem Mahl, das selbst in Kerkerhaft
Und in Verbannung Gottes Nähe schafft –
Mit jenem Mahl, das wir am Altar essen.

Zwar ist es stofflich nichts als Brot und Wein,
Doch Du, mein Jesus, hast das Mahl gewandelt
In Dich, und Dich gestellt in Brot und Trauben.

Du bists – ich will es unbewiesen glauben.
Du, der All-Eine, der aus Liebe handelt –
Du bist in mir. So kann ich in Dir sein.

XII

Du bist in mir. So kann ich in Dir sein
Und Dich, den unfassbaren Gott, erfassen.
Von Dir will ich mich dankbar nähren lassen
Mit diesem weißen Brot, mit diesem Wein.

Du bahntest mir den Weg durch Wassermassen,
Belebtest mich in todesnaher Pein,
Du batest mich: Komm her und werde mein –
Und überwandest liebend all mein Hassen.

Du gibst mir Mut und Kraft zu neuen Taten.
Durch Dich werd ich, wird alle Welt erneuert.
Du bist der Geist, der meinen Geist befeuert.

Du bist lebendiger als junge Saaten,
Du bist verlässlicher als Felsgestein.
Du lebst und wirkst, dreieiner Gott allein.

Eucharistie

XIII

Du lebst und wirkst, dreieiner Gott allein.
Wenn Menschen auch Dein Wort und Bild verdrehten,
Du bleibst, wenn ihre Spuren längst verwehten.
Dir will ich trauen, Dir Vertraute sein.

So wie ich bin, so will ich vor Dich treten.
Du übersiehst nicht, was an mir gemein
Und böse ist, und willst es gern verzeihn
Und wirbst bei mir, zu Dir darum zu beten.

Du machst Dich klein, als Kind und Wein und Brot.
Du machst Dich schwach bis hin zum Foltertod.
Du starker Gott, so wehrlos wie die Taube!

Doch Deine Worte, Herr, und Deine Werke
Verkünden Deine unfassbare Stärke.
Ich kann es nicht begreifen, doch ich glaube.

XIV

Ich kann es nicht begreifen, doch ich glaube,
Dass Du es bist, durch den ich bin und dichte.
Und seh ich diese Welt in Deinem Lichte,
Dann spür ich Deinen Geist, die weiße Taube.

Dein Geist ist mächtiger als Weltgeschichte!
Dass Deine Kirche nicht erstickt im Staube,
Dass sie der kalten Welt nicht fällt zum Raube,
Das ist Dein Werk, nicht das der Menschenwichte.

Wenn Welt und Leben an mir zerrt und zehrt,
Wenn Sorge, Not und Kummer mich beschwert,
Gibst Du mir Kraft, hilfst mir, mich zu bewähren.

Und bleib ich unbewährt, so gibst Du doch
Dein Fleisch und Blut für mich, und immer noch –
Herr Jesus, Du lässt Dich von mir verzehren.

Eucharistie

Meistersonett

Herr Jesus, Du lässt Dich von mir verzehren,
Du lieferst Dich mir aus in Brot und Wein.
Du machst Dich mit des Alltags Brot gemein,
Kannst Dich aus eignem Willen nicht mehr wehren.

Du bist mir mehr als frommer schöner Schein.
Du hängst nicht ab vom Glauben und Bekehren.
Vergäße selbst der Priester, Dich zu ehren,
Bist Du doch wahr und ist die Wahrheit Dein.

Der Menschen schuf und Weizenkorn und Traube,
Der allen Wesen ihre Nahrung schafft,
Wird mir zur Nahrung, wird mir Lebenskraft.

Du bist in mir. So kann ich in Dir sein.
Du lebst und wirkst, dreieiner Gott allein.
Ich kann es nicht begreifen, doch ich glaube.

Geistfeuer
Sonettenkranz

Geistfeuer

I

Auch meiner schönsten Träume buntes Funkeln
Ist nicht die Wahrheit Gottes, die wir hören.
Und wenn auch Menschenworte uns betören –
Dich trügt man nicht, Du lässt uns nicht im Dunkeln.

Du bist ja Gott, und nichts kann Dich zerstören!
Zwar wird Dein Wort verdreht, wo Menschen kunkeln,
Wo sie in Deinem Namen Unheil munkeln,
Doch Du bleibst wahr, selbst wenn wir Dich verlören.

Du treibst mich an, dass ich mein Werk verrichte
Mit Treue und Geduld – Du, der mich leitet,
Der mir die Grenzen des Verstandes weitet!

Und alle Schönheit, die ich vor mir sehe,
Und alle Kunst, zu der ich mich verstehe,
Ist karg und matt vor Jesu klarem Lichte.

II

Ist karg und matt vor Jesu klarem Lichte
Auch aller Glanz und alles Menschenwissen,
Will ich die Schönheit dieser Welt nicht missen,
Und will mit Klugheit schaun auf die Geschichte.

Wenn böse Mächte schwarze Segel hissen,
Wenn sie die Wahrheit zerren vor Gerichte,
Wenn scheinbar siegen ungerechte Wichte,
Wird doch der Weltenschleier einst zerrissen.

Und ob sich Bosheit auch zum Krieg verdichte –
Wo Gottes Geist erfüllt die Menschengeister,
Wird Seine Liebe noch im Abgrund Meister.

Und nicht besteht der Lügenmärchenglaube
Vor Heilgem Geist, der weißbeschwingten Taube –
Vor Seiner Wahrheit wird der Trug zunichte.

Geistfeuer

III

Vor Seiner Wahrheit wird der Trug zunichte.
Doch diese Wahrheit geht einher mit Güte:
Nichts ist so arg, dass keine Gnade blühte,
Nichts so verkehrt, dass nicht Sein Wort es richte.

Wenn ich vor Selbstbetrug die Seele hüte,
Mein Denken und Empfinden prüfend sichte,
Mein Handeln und mein Fühlen streng gewichte,
Und über Möglichkeit und Folgen brüte,

Erkenne ich viel Eitelkeit und Träume,
Und ahne, was ich ohne Gott versäume,
Wenn ich nur höre, was die Nachbarn munkeln.

Ein Menschentraum ist Keim, kann nicht genügen,
Er kann verkümmern, kann den Träumer trügen –
Den Traum kann viel, den Herrn kann nichts verdunkeln.

IV

Den Traum kann viel, den Herrn kann nichts verdunkeln.
Von Seinem Licht kann bilden man und malen,
Von Seinem Glanz kann die Musik erstrahlen,
Von Seinem Feuer kann die Sprache funkeln.

Mich trägt Sein Wort durch Finsternis und Qualen,
Ganz gleich, was Toren und was Spötter munkeln,
Und was sie gegen Jesu Jünger kunkeln –
Auch wenn sie mit Erfolg und Wissen prahlen.

In tiefster Finsternis der Weltgeschichte,
In Krieg und Not und zügellosem Morden,
Ist Bruder Er und Kind und Licht geworden.

Ich glaube nicht gedankenlos ins Blaue,
Wenn ich dem Wort mit Überlegung traue:
Von lautren Zeugen stammen die Berichte.

Geistfeuer

V

Von lautren Zeugen stammen die Berichte.
Wenn auch in fremden und uralten Bildern
Sie ungewöhnliches Erleben schildern,
Sind sie der Schreiber eigene Geschichte.

Dies Zeugnis dient nicht nur, die Angst zu mildern.
Es spiegelt nicht verworrne Traumgesichte,
Es zeigt der Wahrheit Ewigkeit und Dichte –
Es lässt uns in der Wildnis nicht verwildern.

So viele haben in ihm Sinn gefunden
Und ließen sich vom Wort zur Güte leiten,
Und so viel Liebe konnte es bekunden.

Die Gute Botschaft führt durch alle Zeiten,
Und was da strahlt in herbem Weltendunkeln –
Kein Märchen ists bei Spindeln und bei Kunkeln.

VI

Kein Märchen ists bei Spindeln und bei Kunkeln,
Nicht obrigkeitliche Beruhigungspille
Und kein Traktätchen, keine Hauspostille,
Kein hübscher Tand mit trügerischem Funkeln!

Der Geist der Freiheit wartet in der Stille,
Und wo der Menschen Wollen neigt zum Dunkeln,
Zu der Bequemlichkeit, zu biedrem Schunkeln,
Da bricht Er unvermutet ein als freier Wille.

Da gibt Er Kraft, den eignen Weg zu wagen,
Und Mut, das Ungewohnte zu bestaunen
Und lässt uns Wahrheit klar und furchtlos sagen.

Vor Gottes lichtem Geist bleibt nichts im Dunkeln,
Vor Jesus hält kein dumpfes Drohn und Raunen,
Kein sagenhaftes angstbesetztes Munkeln.

Geistfeuer

VII

Kein sagenhaftes angstbesetztes Munkeln
Soll Jesu Botschaft je zum Zwang verkehren!
Der klare, freie Glaube wird sich wehren,
Wo Macht und Gier von Glaubensnutzen kunkeln.

Wo immer Menschen Gottes Wort beschweren,
Wo sie den frommen Kindersinn verdunkeln,
Wird doch am Ende sprühen, strahlen, funkeln
Der unbesiegte Geist, den wir verehren.

Wir fassen Jesu Geist in tausend Bildern,
Als Licht, als Taube und als Flammenregen –
Aus froher Botschaft leuchtets uns entgegen,

Mehr als nur Buch: Geschriebne Schwergewichte
Sind jene Bücher, die Sein Leben schildern,
Nicht bloß Geschichten, nicht allein Geschichte.

VIII

Nicht bloß Geschichten, nicht allein Geschichte,
Doch diese auch sind durch das Wort entstanden.
Was Dichter, Bildner, Musiker erfanden,
Ist Geistesfrucht und zeugt vom Geisteslichte.

Wo Menschen Stoff und Klang und Worte banden,
Dass Sehnsucht, Furcht und Hoffnung sich verdichte
In Maß und Form, in Üppigkeit und Schlichte,
Da ließen sie zuerst die Taube landen.

Vom Schöpfergeist wird Schaffenskraft begeistert,
Sie kann durch Ihn selbst Unsichtbares schildern.
Durch Ihn, den Meister, wird die Kunst bemeistert.

Aufs Neue künden Künste Jesu Sache:
Sie fassen Gotteswort in Menschenbildern,
Sind auch die Worte alt, in fremder Sprache.

Geistfeuer

IX

Sind auch die Worte alt, in fremder Sprache,
Sie sind es, die mir den Verstand erhellten.
Und wenn auch viele Unverstandnes schelten,
Sie sind die Saat in Menschengeistes Brache.

Die Schrift erschüttert und erneuert Welten!
Das alte Gotteswort: „Mein ist die Rache"
Wird neu bestätigt: Nicht ist Menschensache,
Das Böse selbst mit Bösem zu vergelten.

Das Wort ist Gott, ist ewig unzerstörbar,
Ist neu und alt und immer wieder hörbar,
Der Geist bleibt unversehrt trotz Golgotha.

Wo dieses Wissen sich vermählt dem Glauben,
Bereichern sie sich, statt sich zu berauben,
Zeigt sich die Botschaft frisch und jung und nah.

X

Zeigt sich die Botschaft frisch und jung und nah,
Wie soll sie ungelesen dann verstauben?
Ich las sie einst mit Freude ohne Glauben
Und fand in ihr der Liebe klares Ja.

Wie Wind und Wasser, wie der Flug der Tauben,
So selbstverständlich kam, was mir geschah –
Der Geist der Wahrheit sagte: Ich bin da –
So einfach, wie die Bäume sich belauben.

Was ich in jenen alten Schriften sah,
Das liebte ich wie Märchen oder Sagen,
Bis endlich ich die Schrift als wahr erkannt.

Das Wort begeistert Seele und Verstand,
Das Wort wird mich in aller Wirrnis tragen –
Der Vater, Sohn und Geist ist ewig da!

Geistfeuer

XI

Der Vater, Sohn und Geist ist ewig da,
Der werden ließ, was Er in Liebe dachte,
Sich selbst aus Liebe allen Menschen brachte,
Der Eine in den Drei ist allen nah.

Der Große, der sich selbst so winzig machte,
Der Unsichtbare, den die Menschheit sah
In Bethlehem und dann auf Golgotha,
Der als ein Mensch für Menschen betend wachte.

Er ist so hoch – und kommt in alle Tiefen,
Er führt aus dumpfer Finsternis ins Freie,
Wo immer Menschen ehrlich nach Ihm riefen.

Der Geist befeuert mich zu Jesu Sache,
Und Er gesellt sich, wenn ich zu ihm schreie,
Zu meines Geistes erdgebundner Brache.

XII

Zu meines Geistes erdgebundner Brache,
Zu Finsternis und Krankheit meiner Seele,
Zum Herz, das angstvoll pocht in meiner Kehle,
Zu meinem Grübeln unter hartem Dache,

Zum Lügengeist, wenn Böses ich verhehle,
Zu kleinlichem Begehr nach spitzer Rache
Zu meiner Gier in nimmermüder Wache
Kommt Tröstergeist, erhellt, was ich verfehle.

In hartgefrornen Seelenfinsternissen
Bahnt sich den Weg ein Anflug von Gewissen,
Vielleicht so weit von Ehrlichkeit wie Sterne.

Doch in die weltraumkalte Gottesferne
Kommt flammend Jesu Geist herabgeflogen,
Spannt sich vom Himmel her ein Regenbogen.

Geistfeuer

XIII

Spannt sich vom Himmel her ein Regenbogen,
Und blüht das Land, wo Regen es begossen,
Und grünt ein Baumstumpf neu mit jungen Sprossen,
Und kommen Storch und Schwalbe angeflogen,

Wird Brot geteilt und freundschaftlich genossen
Und hartes Wort nicht allzu schwer gewogen
Und Saat der Liebe sorgsam aufgezogen,
Dann seh ich alle Welt vom Geist umflossen.

Wo aber Menschen sich und andre trogen,
Wo Niedertracht und Unterdrückung hausen,
Wo Satte angesichts des Hungers schmausen,

Auch dort ist Raum für Gottes Taubenflügel,
Auch dort kann Er befrein von Stock und Zügel –
Geist Gottes, jener Geist, der nie verflogen.

XIV

Geist Gottes, jener Geist, der nie verflogen,
Der unversehens einbricht in das Denken,
Um Einsicht und Erkenntnis zu verschenken,
Der Wege weist, wo ich mich selbst belogen!

Er weiß mich aus Verzweiflungen zu lenken.
Was ich auch tu, bleibt Er mir doch gewogen,
Auch wo Er sich mir scheinbar hat entzogen.
In Seinen Strom aus Licht will ich mich senken.

Wenn bittre Tage meinen Geist verdunkeln,
Wenn Zorn und Wut die Seele mir versehren,
Kann Er allein die Finsternis vertreiben.

Er schafft in mir, wofür mich andre ehren,
Nur weil Er bleibt, kann von mir etwas bleiben –
Auch meiner schönsten Träume buntes Funkeln.

Geistfeuer

Meistersonett

Auch meiner schönsten Träume buntes Funkeln
Ist karg und matt vor Jesu klarem Lichte.
Vor Seiner Wahrheit wird der Trug zunichte.
Den Traum kann viel, den Herrn kann nichts verdunkeln.

Von lautren Zeugen stammen die Berichte.
Kein Märchen ists bei Spindeln und bei Kunkeln,
Kein sagenhaftes angstbesetztes Munkeln –
Nicht bloß Geschichten, nicht allein Geschichte.

Sind auch die Worte alt, in fremder Sprache,
Zeigt sich die Botschaft frisch und jung und nah:
Der Vater, Sohn und Geist ist ewig da!

Zu meines Geistes erdgebundner Brache
Spannt sich vom Himmel her ein Regenbogen,
Geist Gottes, jener Geist, der nie verflogen.

Marienleben
Sonettenkranz

Marienleben

I

Voll Sehnsucht harrte Israel schon lang.
Und zwei erhofften über lange Zeit
In ihrer liebevollen Zweisamkeit
Ein Kinderlachen, jungen Überschwang.

Sie wurden älter, blieben noch zu zweit...
In beider Herzen die Verheißung drang:
„Ihr sollt nun Eltern werden. Seid nicht bang!
Zu hohem Dienst wird euer Kind bereit."

Da fühlte Anna sich von neuem jung,
Joachim fand in sich den alten Schwung,
Da wuchs ein Kind aus ihrer Liebe Schimmer.

Maria, fromm erzogen und belehrt,
Schon früh hast du im Herzen Gott geehrt.
Man sagt, der Tempel war dein Kinderzimmer.

II

Man sagt, der Tempel war dein Kinderzimmer.
Du tanztest vor dem Herrn mit frohem Mut.
Ganz Israel war dir, dem Mädchen, gut,
Und um dich waren Gottes Engel immer.

Als man dich dann entließ aus Tempelhut,
Aus heilger Stätte in der Welt Geflimmer,
Da sah dich Joseph und vergaß dich nimmer,
Und rascher pulste euer beider Blut.

Ihr wart einander bald schon fest versprochen.
Als Siegel eurer Liebe, ungebrochen,
Stand eure Gottesliebe fest für immer.

Du schautest auf die Tempelzeit zurück,
Auf frühe Freude und auf neues Glück.
Als Josephs Braut warst du sein Hoffnungsschimmer.

Marienleben

III

Als Josephs Braut warst du sein Hoffnungsschimmer.
Er wollte mit dir eine Zukunft weben,
Die Liebe und das Leben weitergeben,
Und wollte lebensvoll das Haus für immer.

Ihr saht die Hochzeit weit noch vor euch schweben
Und träumtet schon von festlichem Geflimmer.
Im Warten teiltet ihr noch nicht das Zimmer
Und teiltet doch die Pläne für das Leben.

So viele baten Gott, Er möge senden
Immanuel, des Landes Not zu wenden,
Auch dein Gebet um Gottes Heil erklang.

Ein Engel kam, die Nachricht dir zu geben:
Dich wählte Gott zur Tür ins Menschenleben.
Du sagtest Ja zum Gottesbotensang.

IV

Du sagtest Ja zum Gottesbotensang,
Entschiedest frei, zu gehn auf Gottes Wegen,
Ein Lied im Herzen, und durch Seinen Segen
Ein Kind aus liebevollem Überschwang.

Da traf das Kaiserwort wie kalter Regen,
Das kurz vor der Geburt zur Reise zwang.
Der Weg war steil, drei müde Tage lang,
Und du kamst allen Wirten ungelegen.

Es wurde spät, und ihr wart ohne Zimmer.
Wie mühsam fiel der Schwangern schon das Gehen!
Am Abend setzten ein die ersten Wehen.

Die Häuser waren voll. Es eilte schon.
In einem Stall gebarst du deinen Sohn.
Die Engel sangen unterm Sterngeflimmer.

Marienleben

V

Die Engel sangen unterm Sterngeflimmer.
Das Kind war schön. Im Stall war keine Not,
Denn Joseph sah und tat der Zeit Gebot
Und machte fast den Stall zu einem Zimmer.

Die Hirten staunten, dankten, brachten Brot.
Den kleinen Kopf beschien Laternenschimmer.
Mit Gaben voller Duft und Fürstenglimmer
Erschienen Weise, reich in Gold und Rot.

Nach Hause gings mit dem geliebten Kleinen.
Und plötzlich Schwertgeklirr und Bogensummen –
Die ganze Stadt war vor den Söldnern bang.

Du hörtest andre Frauen flehn und weinen
Und kleine Kinder schreien und verstummen.
Du flohst mit Sohn und Mann vor Todeszwang.

VI

Du flohst mit Sohn und Mann vor Todeszwang,
Vor jenes irren Fürsten Kindermorden,
Vor wildgewordenen Soldatenhorden.
Beschwerlich war der Weg und öd und lang.

Bist du dort heimisch und vertraut geworden?
War deinen Nachbarn vor der Fremden bang?
Ergabs, wenn Joseph Beil und Hammer schwang,
Nur Hungerstillen oder Überborden?

Als Nachts zu Joseph Gottes Stimme drang:
Herodes starb – die Not ist nun verflogen,
Seid ihr mit eurem Sohn nach Haus gezogen.

Viel später ging Er Seine eignen Wege,
Entfernte sich aus mütterlicher Pflege.
Du suchtest deinen Sohn besorgt und bang.

Marienleben

VII

Du suchtest deinen Sohn besorgt und bang,
Sahst Ihn mit Wehmut Seiner Wege gehen
Und mühtest dich, Ihn endlich zu verstehen,
Der dich so früh gebracht zum Lobgesang.

Du hast Ihn immer liebend angesehen,
Und hast um Ihn gelitten lebenslang –
Um Ihn, der sanft die ganze Welt bezwang,
Und der so schroff sein konnte auf dein Flehen.

„Was habe Ich mit dir zu schaffen, Frau?
Ist doch noch nicht gekommen Meine Stunde."
Doch wusstest du noch immer sehr genau,

Denn jenes Boten Wort vergaßt du nimmer,
Woher Er kam, mit wem Er war im Bunde.
Du sagtest: „Tut Sein Wort." – So sei es immer!

VIII

Du sagtest: „Tut Sein Wort." – So sei es immer!
Da wurde auf Sein Wort aus Wasser Wein.
So schenkte Er als Gast den Wirten ein.
Von Seiner Macht erfuhrst du ersten Schimmer.

Dann wollte Er das Gotteshaus befrein –
Der Vorraum glich schon einem Wechselzimmer –
Von der Profitgier und vom Geldgeflimmer:
„Der Tempel darf nicht Räuberhöhle sein!"

So freundlich und so zornig war dein Kind,
Zu Großen harsch, zu Kleinen weich wie Samt,
Und ganz vom Eifer für den Herrn entflammt.

Dein Sohn, den diese liebten, jene mieden,
War von den andern allen so verschieden.
Zu Zeiten meintest du, Er irrt und spinnt.

Marienleben

IX

Zu Zeiten meintest du, Er irrt und spinnt.
Du sahst Ihn grad mit jenen sich umgeben,
Die kaum nach Sitte, Brauch und Weisung leben.
Er war dir fern, und doch war Er dein Kind.

Du wusstest, wie Gerüchte sich verweben,
Und wie beständig bläst der Lügenwind.
Du hattest Angst um Ihn. So viele sind
Wie Korn gedroschen und gepresst wie Reben.

Du wusstest noch, was einst die Engel sprachen,
Die Hirten auch – Er ist von Gott gesandt!
Du fühltest noch die Wunder jener Tage.

Dann vom Präfekt die ungerechte Klage.
Betrunkne Söldner zerrten Sein Gewand.
Du warst bei Ihm, als sie am Kreuz Ihn brachen.

X

Du warst bei Ihm, als sie am Kreuz Ihn brachen.
Die Dornen und die Nägel und der Speer,
Zerrissen Ihn – und schlugen dich auch schwer,
Wie sieben Schwerter, die dein Herz zerstachen.

Noch sterbend tröstete und liebte Er.
„Denk Du an mich…" „Noch heut…" - Die beiden sprachen
Mit halberstickten Stimmen, todesschwachen,
Von Gott, von Gnade – von nichts anderm mehr…

Du sahst Ihn an, bis dir die Augen schwammen.
Du trugst es – und es war nicht zu ertragen –
Zerrissen selbst, voll ungeklärter Fragen.

Er konnte nur noch mühsam flüstern: „Hier,
Frau, sieh – dein Sohn. – Die Mutter nimm zu dir."
Mit Seinem besten Freund bliebst du zusammen.

Marienleben

XI

Mit Seinem besten Freund bliebst du zusammen,
Vom Schreckenstag betäubt. Die Welt erstarrte.
Da war kein Trost, nur Trauer, die verharrte.
Wie konnte Gott denn Seinen Sohn verdammen?

Zwei Nächte schlaflos, wie auf einer Warte.
Und dann die Kunde, rasch wie frohe Flammen:
„Er lebt! Er ist erstanden! Preist den Namen!"
Da heilte deiner Seele tiefe Scharte.

Er kam zu euch, er gab euch Seinen Segen,
Und schwand vor eurem Blick, zu Gott zu gehen,
Und blieb im Herzen euch auf allen Wegen.

Ihr feiertet das Wochenfest zusammen,
Und plötzlich war da Freude und Verstehen –
Gott ließ dich neu durch Seinen Geist entflammen.

XII

Gott ließ dich neu durch Seinen Geist entflammen,
Als Feuerzungen Seine Kirche schufen.
Er hat zur Kirchenmutter dich berufen,
Zur Menschenmutter aller Welt zusammen.

Vom Tod ins Leben hat dich der gerufen,
Von dem die Welt und alles Leben stammen.
Auf deinen Armen trugst du Gottes Namen,
Und Gott trug dich auf steilen Lebensstufen.

Dann trug Er dich in ewig schönes Leben,
Du Tochter deines Sohnes bist Ihm näher
Als alle Heiligen und Gottesseher.

Gehüllt in Liebe und von Licht umgeben,
Siehst du auf Mutterschmerz und Kinderlachen;
Gekrönt mit Sternen, siegst du über Drachen.

Marienleben

XIII

Gekrönt mit Sternen, siegst du über Drachen
Durch deinen Sohn und aller Welten Herrn,
Durch Gottes Sohn, das Licht, den Morgenstern,
Der fruchtbar macht des Lebens dürre Brachen.

Du Mutter meines Bruders hilfst mir gern,
In Nüchternheit zu beten und zu wachen,
In Gott zu ruhen auch im Tun und Machen.
Du bist dem Sohn und Meister niemals fern.

Du bist so aufrecht, so vollkommen frei.
Du sagtest zwanglos: „Gottes Wille sei!"
Und Gott war über dir wie Sommerwind.

Der Friedensfürst, der alle Welt versöhnt,
Hat dich zur Friedenskönigin gekrönt,
Du Gottesmutter und du Gotteskind.

XIV

Du Gottesmutter und du Gotteskind,
Durch die sich Gott zum kleinen Menschen machte,
Und die gebärend den Erlöser brachte –
Durch deren Sohn allein wir Menschen sind,

Als Gott Sein Feuer in der Welt entfachte,
Die Menschenliebe durch den Geisteswind,
Daß sieht und hört, wer vorher taub und blind,
Da nährtest du die Flamme stark und sachte.

Maria, Königin des Friedens, bitte
Den Sohn, den Vater, allen Lebens Mitte,
Daß Er ein Ende mache böser Zeit.

Er komme bald in Seiner Herrlichkeit!
Denn allen ist um Seinen Frieden bang,
Voll Sehnsucht harrte Israel schon lang.

Meistersonett

Voll Sehnsucht harrte Israel schon lang.
Man sagt, der Tempel war dein Kinderzimmer.
Als Josephs Braut warst du sein Hoffnungsschimmer.
Du sagtest Ja zum Gottesbotensang.

Die Engel sangen unterm Sterngeflimmer.
Du flohst mit Sohn und Mann vor Todeszwang.
Du suchtest deinen Sohn besorgt und bang.
Du sagtest: Tut Sein Wort. – So sei es immer!

Zu Zeiten meintest du, Er irrt und spinnt.
Du warst bei Ihm, als sie am Kreuz Ihn brachen.
Mit Seinem besten Freund bliebst du zusammen.

Gott ließ dich neu durch Seinen Geist entflammen.
Gekrönt mit Sternen, siegst du über Drachen –
Du Gottesmutter und du Gotteskind.

MIX
Papier | Fördert
gute Waldnutzung
FSC® C083411

Zeitfracht Medien GmbH
Ferdinand-Jühlke-Straße 7
99095 Erfurt, Deutschland
produktsicherheit@kolibri360.de